M. GLOUTON

et le Bonhomme de pain d'épice

Collection

MONSIEUR MADAME PAILLETTES

Monsieur Glouton et le Bonhomme de pain d'épices
Les MONSIEUR MADAME et le Grand Méchant Loup
Madame Timide et la Bonne Fée
Monsieur Peureux et les pirates
Madame Têtue et la licorne
Monsieur Bruit et le géant
Madame Chipie et la sirène
Monsieur Costaud et l'Ogre
Madame Beauté et la Princesse
Monsieur Chatouille et le dragon
Madame Bonheur et la sorcière
Monsieur Malchance et le Chevalier
Madame Canaille et la Bonne Fée
Monsieur Heureux et le magicien
Madame Chance et les lutins
Monsieur Curieux et le haricot magique

Publié pour la première fois par Egmont sous le titre : *Mr. Greedy and the Gingerbread Man.*
 Traduction : Anne Marchand-Kalicky.

M. GLOUTON
et le Bonhomme de pain d'épice

Roger Hargreaves

hachette
JEUNESSE

Il était une fois monsieur Glouton qui prenait son petit déjeuner.

Mais à peine eut-il terminé qu'il eut à nouveau faim.

Pourtant, il venait d'engloutir trois paquets de céréales, deux baguettes et un pot de confiture.

Malgré ce bon repas, le ventre de monsieur Glouton se mit à gargouiller.

« Qu'est-ce que je pourrais bien grignoter ? »
se demanda-t-il.

Je sais ! Je vais préparer un bonhomme de pain d'épice.

CONFITURE

Et comme monsieur Glouton était un glouton,
il prépara un très grand bonhomme de pain d'épice
qu'il mit au four.

Tandis qu'il attendait que le gâteau cuise, il s'accorda un petit en-cas et avala un biscuit au chocolat...

bientôt suivi de deux autres biscuits au chocolat...

suivis de la boîte entière !

Et c'est au moment où il croqua la dernière bouchée de son dernier biscuit qu'il entendit que l'on frappait.

Le bruit venait du four !

« C'est étrange », pensa-t-il en ouvrant la porte du four.

À sa grande surprise, le Bonhomme de pain d'épice sauta et traversa la cuisine en criant :

– Cours, cours après moi si tu veux ! Tu ne pourras pas m'attraper car je suis le Bonhomme de pain d'épice.

Le Bonhomme de pain d'épice se précipita vers la porte
et s'enfuit dans le jardin.

Monsieur Glouton le poursuivit, mais le Bonhomme de pain
d'épice avait raison : il ne pourrait pas le rattraper,
et le gâteau disparut bientôt de sa vue.

Il se dirigea en haut de la colline et passa devant monsieur Malchance qui tirait de l'eau du puits.

– Cours, cours après moi si tu veux ! Tu ne pourras pas m'attraper car je suis le Bonhomme de pain d'épice.

Monsieur Malchance le poursuivit mais…

Oups !

Il se prit les pieds dans son seau et dévala la colline en se cognant la tête.

Et le Bonhomme de pain d'épice s'éloigna.

Il passa devant madame En Retard.

– Cours, cours après moi si tu veux ! Tu ne pourras pas m'attraper car je suis le Bonhomme de pain d'épice.

Madame En Retard se mit à courir derrière lui, mais le Bonhomme de pain d'épice était bien trop rapide.

– Oh ! Je n'arrive même pas à attraper mon bus, alors… un bonhomme de pain d'épice encore moins ! se résigna-t-elle.

Il passa devant monsieur Endormi qui faisait la sieste dans un hammac.

– Cours, cours après moi si tu veux ! Tu ne pourras pas m'attraper car je suis le Bonhomme de pain d'épice.

Monsieur Endormi ouvrit un œil.

– Tu as raison ! répondit-il en se rendormant.

Et le Bonhomme de pain d'épice poursuivit sa course.

Personne ne parvint à attraper le Bonhomme de pain d'épice.

Monsieur Lent fut trop lent.

Monsieur Méli-Mélo prit la direction inverse.

Et même les longs bras de monsieur Chatouille ne furent pas assez longs pour attraper le Bonhomme de pain d'épice.

– Personne ne peut m'attraper ! se vanta le biscuit.

Il était si fier de lui qu'il décida de s'allonger pour se reposer un peu.

Et il s'endormit.

– Je te tiens ! s'écria soudain une voix.

Une grosse main rose attrapa le Bonhomme de pain d'épice.

– « Rien ne sert de courir, il faut partir à point » rappella monsieur Glouton.

Monsieur Glouton croqua aussitôt un morceau du Bonhomme de pain d'épice.

Puis un deuxième morceau…

puis un troisième

et enfin, il engloutit le dernier !

– Oh ! J'ai déjà tout fini, soupira-t-il…

– … Et j'ai encore faim !

RÉUNIS VITE LA COLLECTION ENTIÈRE

1 MME AUTORITAIRE
2 MME TÊTE-EN-L'AIR
3 MME RANGE-TOUT
4 MME CATASTROPHE
5 MME ACROBATE
6 MME MAGIE
7 MME PROPRETTE
8 MME INDÉCISE

9 MME PETITE
10 MME TOUT-VA-BIEN
11 MME TINTAMARRE
12 MME TIMIDE
13 MME BOUTE-EN-TRAIN
14 MME CANAILLE
15 MME BEAUTÉ
16 MME SAGE

17 MME DOUBLE
18 MME JE-SAIS-TOUT
19 MME CHANCE
20 MME PRUDENTE
21 MME BOULOT
22 MME GÉNIALE
23 MME OUI
24 MME POURQUOI

25 MME COQUETTE
26 MME CONTRAIRE
27 MME TÊTUE
28 MME EN RETARD
29 MME BAVARDE
30 MME FOLLETTE
31 MME BONHEUR
32 MME VEDETTE

33 MME VITE-FAIT
34 MME CASSE-PIEDS
35 MME DODUE
36 MME RISETTE
37 MME CHIPIE
38 MME FARCEUSE
39 MME MALCHANCE
40 MME TERREUR
41 MME PRINCESSE

DES **MONSIEUR MADAME**

1 CHATOUILLE
2 M. RAPIDE
3 M. FARCEUR
4 M. GLOUTON
5 M. RIGOLO
6 M. COSTAUD
7 M. GROGNON
8 M. CURIEUX
9 M. NIGAUD
10 M. RÊVE

11 BAGARREUR
12 M. INQUIET
13 M. NON
14 M. HEUREUX
15 M. INCROYABLE
16 M. À L'ENVERS
17 M. PARFAIT
18 M. MÉLI-MÉLO
19 M. BRUIT
20 M. SILENCE

21 M. AVARE
22 M. SALE
23 M. PRESSÉ
24 M. TATILLON
25 M. MAIGRE
26 M. MALIN
27 M. MALPOLI
28 M. ENDORMI
29 M. GRINCHEUX
30 M. PEUREUX

31 ÉTONNANT
32 M. FARFELU
33 M. MALCHANCE
34 M. LENT
35 M. NEIGE
36 M. BIZARRE
37 M. MALADROIT
38 M. JOYEUX
39 M. ÉTOURDI
40 M. PETIT

41 M. BING
42 M. BAVARD
43 M. GRAND
44 M. COURAGEUX
45 M. ATCHOUM
46 M. GENTIL
47 M. MAL ÉLEVÉ
48 M. GÉNIAL
49 M. PERSONNE

Édité par Hachette Livre – 43, quai de grenelle, 75905 Paris Cedex 15
ISBN : 978-2-01-2200-999
Dépôt légal : juin 2013
Loi n°49-956 du 16 juillet 1949 sur les publications destinées la jeunesse.
Imprimé par IME (Baume-les-Dames), en France.